Notre collection "Mes contes préférés" dans laquelle on retrouve les plus beaux contes de tous les temps, séduit chaque génération d'enfants.

Les plus jeunes aiment se faire lire ces merveilleuses histoires et les plus âgés abordent ainsi une lecture facile et passionnante.

L'édition originale de ce livre a paru sous le titre: *Little Red Riding Hood* dans la collection "Well Loved Tales"

© LADYBIRD BOOKS LTD, 1988

ISBN 0-7214-1285-8
Dépôt légal: septembre 1989
Achevé d'imprimer en juillet/août 1989
par Ladybird Books Ltd, Loughborough, Leicestershire, Angleterre
Imprimé en Angleterre

Le petit chaperon rouge

Adapté pour une lecture facile
par VERA SOUTHGATE M A B Com
Illustré par PETER STEVENSON

Ladybird Books

Il était une fois une petite fille, si gentille que tous ceux qui la connaissaient l'aimaient.

Sa grand-mère l'aimait tant qu'elle lui faisait toujours des cadeaux. Un jour, elle lui donna une jolie cape de velours rouge, surmontée d'une capuche.

La petite fille était si contente qu'elle ne sortait jamais sans la porter. Et tout le monde l'appelait ''le Petit Chaperon Rouge.''

Le Petit Chaperon Rouge vivait avec son père et sa mère dans une petite maison, située dans un petit village, à la lisière d'une grande forêt.

Son père, qui était bûcheron, travaillait toute la journée dans la forêt.

La grand-mère du Petit Chaperon Rouge
habitait à environ deux kilomètres, seule
dans une petite chaumière au milieu de
la forêt.

Le Petit Chaperon Rouge aimait
beaucoup sa grand-mère, et sa grand-
mère l'aimait beaucoup. Et presque
chaque jour, la petite fille allait la voir
en suivant le sentier qui traversait la
forêt.

Un jour, la mère du Petit Chaperon Rouge
l'appela et lui dit : "Petit Chaperon
Rouge, j'ai mis un gâteau et une bouteille
de vin sucré dans ce panier. J'aimerais que
tu les apportes à ta grand-mère qui est
malade. Cela lui fera du bien."

"Reste bien dans le sentier, et ne
t'aventure surtout pas dans le bois," lui
recommanda-t-elle.

"Sois prudente et ne cours pas, tu casserais la bouteille. Ta pauvre grand-mère n'aurait plus rien à boire," continua la maman.

"Je ferai bien attention," promit le Petit Chaperon Rouge, qui partit le panier à la main, après avoir dit au revoir à sa maman.

A l'entrée de la forêt, le Petit Chaperon Rouge rencontra le loup.

Elle n'avait jamais vu de loup auparavant, et ne savait pas à quel point il était rusé.

Elle le prit pour un gros chien, et ne fut pas du tout effrayée.

"Bonjour, Petit Chaperon Rouge," dit le loup.

"Bonjour, monsieur," répondit-elle.

"Où vas-tu, de si bon matin?" demanda le loup.

"Je vais chez ma grand-mère," répondit-elle.

"Et qu'y a-t-il dans ton panier?" demanda-t-il encore.

"Un gâteau et une bouteille de vin sucré," dit le Petit Chaperon Rouge. "Comme Grand-mère est malade, maman lui envoie cela pour l'aider à guérir plus vite."

"Et où habite donc ta grand-mère, Petit Chaperon Rouge?" demanda le loup.

"A environ un kilomètre, dans la forêt," répondit le Petit Chaperon Rouge. "Sa maison se trouve sous les trois gros chênes."

"Quelle appétissante petite fille!" pensa le loup. "Elle doit être bien plus tendre que la vieille dame! Mais si je m'y prends bien, j'arriverai à les manger toutes les deux!"

Le loup accompagna le Petit Chaperon Rouge pendant un moment, tout en bavardant gaiement, et en lui montrant toutes sortes de jolies choses.

"Regarde ces belles fleurs, sous les arbres," dit-il. "Elles sont splendides! Et entends-tu les oiseaux chanter? Tu devrais t'arrêter un peu pour les admirer, au lieu de rester dans le sentier."

Puis le loup dit au revoir au Petit Chaperon Rouge et partit en courant vers la maison de la grand-mère.

Le Petit Chaperon Rouge suivit le conseil du loup, et se mit à regarder autour d'elle. La forêt était vraiment très belle. Les rayons du soleil dansaient à travers les branches, le sol était tapissé de fleurs magnifiques, et là-haut, les oiseaux chantaient joyeusement.

"Je vais cueillir un bouquet de fleurs pour Grand-mère," pensa le Petit Chaperon Rouge. "Cela lui fera plaisir."

Elle s'éloigna de plus en plus du sentier, cherchant les plus belles fleurs pour les apporter à sa grand-mère.

Pendant ce temps, le loup était arrivé à la maison de la grand-mère. Il frappa à la porte. "Qui est là?" demanda la grand-mère.

"C'est le Petit Chaperon Rouge," répondit le loup. "Je t'ai apporté un gâteau, et une bouteille de vin sucré."

"Appuie sur le loquet, ouvre la porte et entre, ma chérie," dit Grand-mère. "Je suis trop fatiguée pour me lever."

Le loup appuya sur le loquet, ouvrit la porte et entra. Sans un mot, il alla droit à la grand-mère et l'avala d'une bouchée.

Puis il enfila une de ses chemises, et un bonnet de nuit qu'il s'enfonça jusqu'aux yeux. Il tira les rideaux et se coucha, en remontant les couvertures sous son menton. Et il attendit.

Pendant ce temps, le Petit Chaperon
Rouge s'était bien éloignée du sentier,
car elle avait l'impression que plus elle
avançait, plus les fleurs étaient belles.

Après avoir cueilli un joli bouquet de
fleurs, elle se souvint de sa grand-mère
malade.

Elle revint donc sur le sentier, et
poursuivit sa route.

Quand le Petit Chaperon Rouge arriva à la maison de sa grand-mère, elle fut étonnée de voir la porte ouverte.

''Bonjour, Grand-mère!'' cria-t-elle en entrant, mais personne ne lui répondit.

Alors le Petit Chaperon Rouge sentit que quelque chose n'allait pas. Elle marcha droit vers le lit, et tira les rideaux.

Sa grand-mère était là, le bonnet enfoncé jusqu'aux yeux, et les couvertures tirées sur le nez. Elle avait un air bizarre.

"Oh, Grand-mère!" s'écria-t-elle. "Que tu as de grandes oreilles!"

"C'est pour mieux t'entendre, mon enfant," répondit-elle.

"Oh, Grand-mère! Que tu as de grands yeux!"

"C'est pour mieux te voir, mon enfant!"

"Oh, Grand-mère! Que tu as de grandes mains!"

"C'est pour mieux te serrer dans mes bras, mon enfant!"

"Oh, Grand-mère! Que tu as une grande bouche!"

"C'est pour mieux te manger!"

Sur ces mots, le loup bondit hors du lit
et avala le Petit Chaperon Rouge d'une
bouchée.

Puis il se coucha dans le lit et
s'endormit profondément. Bientôt, il se
mit à ronfler, à ronfler si fort que toute
la maison en tremblait.

Au même moment, le père du Petit
Chaperon Rouge passait non loin de là.
Il entendit l'horrible ronflement qui
venait de la maison, et se dit qu'il valait
mieux aller voir pourquoi la grand-mère
du Petit Chaperon Rouge ronflait si
fort.

En entrant dans la maison, il aperçut le
loup couché dans le lit.

"La sale bête!" s'écria-t-il, blanc de
colère. "Cela fait longtemps que je
cherche à t'attraper!"

Et, d'un seul coup de hache, il tua le
loup et le tira hors du lit. Puis il pensa
que le loup avait peut-être avalé la
grand-mère d'un coup, et qu'il était
encore possible de la sauver.

Alors, le père du Petit Chaperon Rouge
ouvrit le ventre du loup, espérant
trouver la grand-mère vivante à
l'intérieur.

Quelle ne fut pas sa surprise en voyant
sortir le Petit Chaperon Rouge!

45

"Oh, comme j'ai eu peur!" s'écria le Petit Chaperon Rouge. "Comme il faisait noir dans le ventre du loup!"

Ensuite, son père aida la grand-mère à sortir. Elle était toujours en vie, mais très affaiblie.

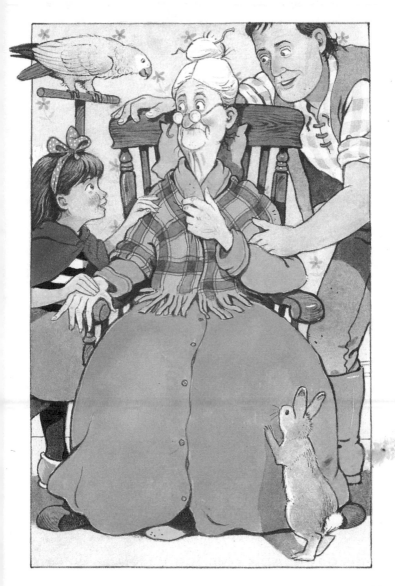

Le Petit Chaperon Rouge et son père
installèrent Grand-mère dans son lit. Ils
lui donnèrent le gâteau et le vin sucré.
Bientôt, elle put s'asseoir car elle allait
beaucoup mieux.

Comme ils étaient contents que cette
histoire se soit bien terminée!

Le père du Petit Chaperon Rouge prit sa fille par la main, et la ramena à sa maman. Elle aussi fut très contente que l'histoire se soit bien terminée.

"Toute ma vie," dit le Petit Chaperon Rouge à sa maman, "je me souviendrai qu'il ne faut jamais te désobéir."